내가 좋아한 여름,
네가 좋아한 겨울

책고래숲 01

내가 좋아한 여름, 네가 좋아한 겨울

2019년 8월 15일 초판 1쇄 발행
글 · 그림 이현주 **편집** 김인섭 **마케팅** 김병민 **디자인** 디자인아프리카
펴낸이 우현옥 **펴낸곳** 책고래 **등록 번호** 제2015-000156호
주소 서울특별시 서초구 강남대로12길 23-4, 301호(양재동, 동방빌딩)
대표전화 02-6083-9232(관리부) 02-6083-9234(편집부)
홈페이지 www.dreamingkite.com / www.bookgorae.com
전자우편 dk@dreamingkite.com
ISBN 979-11-87439-78-3 03810

이 도서의 국립중앙도서관 출판예정도서목록(CIP)은
서지정보유통지원시스템 홈페이지(http://seoji.nl.go.kr)와
국가자료공동목록시스템(http://www.nl.go.kr/kolisnet)에서
이용하실 수 있습니다.(CIP제어번호: CIP2019027966)

내가 좋아한 여름, 네가 좋아한 겨울

글 · 그림 이현주

고래

언제부터였을까.

준이와 연이에게 여러 빛깔이 모여들었다.

둘은

초록나무에서

황금빛 수풀 속에서

파란 하늘 위에서 매일매일 자랐다.

그러던 어느 날
더 이상 까치발을 하지 않고도 창문 밖을 볼 수 있게 되었고
가장 좋아하던 바지는 무릎 위로 훌쩍 올라갔다.

수줍음 많은 준이는 누군가에게 먼저 다가서는 적이 없었고

연이 주변에는 늘 친구가 많았다.

학교생활은 날마다 새로웠지만
때론 지루함을 참아야 했고, 기다림을 배우기도 했다.
연이를 가장 반짝이게 한 것은 그림 수업이었다.

준이는 공부를 꽤 잘했다.

엄마에게 칭찬을 받을 때마다

준이는 세상에서 가장 행복한 사람이라고 생각했다.

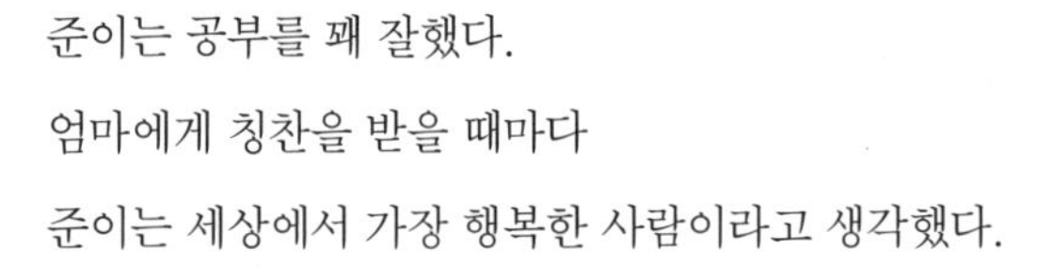

해가 길어지는 여름이면 연이는

붉은 노을 너머로 새들이 날아갈 때까지

동네 구석구석을 돌아다녔고

가장 좋아하는 생선 반찬을 떠올리며

어부를 꿈꾸기도 했다.

눈이 내리고

세상 모든 속삭임이 멈추면

준이는 가만가만 눈을 맞았다.

면 요리를 좋아해서
국수를 먹을 때면 지평선 너머까지 이어진
길을 상상했다.

아이도 어른도 아닌 시기에

준이는 혼자 음악을 들었다.

몸 안에 퍼진 리듬은 심장을 간질이며 자꾸 말을 걸었다.

연이는 근사한 라이브 공연을 좋아했고,
노래를 들으며 가사 속 주인공이 되곤 했다.

둘은

동물을 좋아했다.

그 일은 예측하지 못한 날씨처럼

불쑥 찾아왔다.

준이 엄마는 아빠와 헤어지고 곧 집을 떠났다.

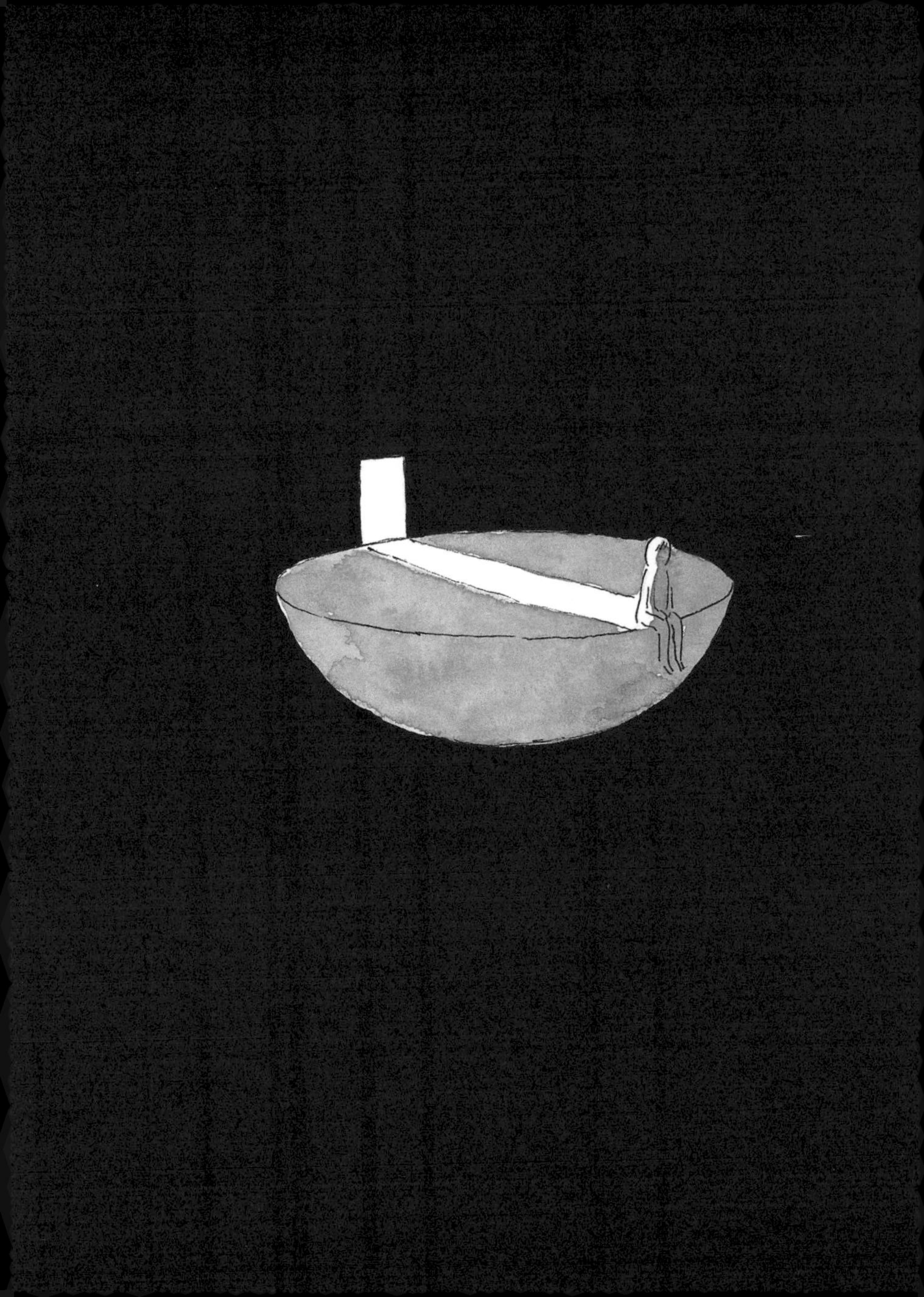

어둠은 모든 것을 집어삼킨 채 준이 곁에 오래도록 머물렀다.

준이는 정리하는 습관이 생겼고

똑같은 것은 한 개 이상 곁에 두지 않았다.

연이는 뒤늦게 찾아온 사춘기를 겪느라 생각이 많았다.

혼자 있고 싶은 날이 늘었고

지금까지 알고 있던 것을 다시 보기 시작했다.

매일매일 흩어져 있는 생각의 조각들을 모았고

어느 순간 자신과 마주하게 되었다.

둘은 그렇게 자신을 만들어 갔다.

모든 것은 시간과 함께 흘러갔다.

준이와 연이는 더 넓은 세상으로 나왔다.

준이는 잡지사 기자가 되었다.
때론 진실인지 거짓인지 혼란스러운 글을 쓸 때도 있었지만
꼼꼼한 그에게 어울리는 일이었다.

소설가를 취재하기로 한 날
준이는 한껏 들떠서
약속 장소로 갔다.

글을 쓴다는 공통점 때문이었을까,

둘은 밤이 깊도록 이야기를 나누었고

준이는 그날 밤 쉽게 잠들지 못했다.

준이는 그녀와 가까워질수록

닮은 점을 더 많이 발견했고

사랑이라 확신했다.

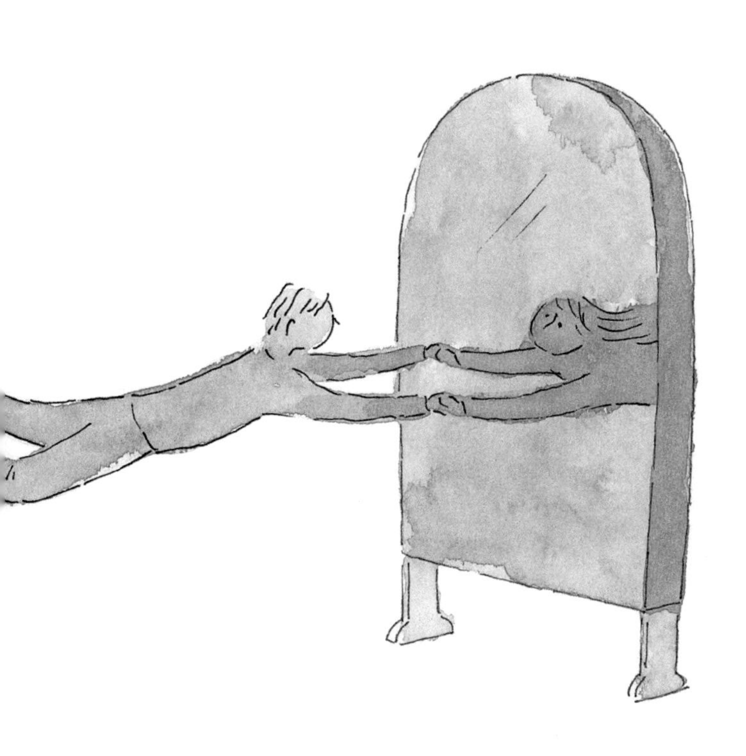

어느 화창한 오후

인터뷰를 좋아하지 않았지만,

연이는 마주 앉은 기자와의 대화가 싫지 않았다.

늘 지나던 곳을 그와 같이 걷자

새로운 길이 되었다.

연이는 집으로 돌아와 꿈 같은 시간을 떠올리며 미소 지었다.

연이의 머릿속에서 밤새 남자가 헤엄쳐 다녔다.

연이와 준이의 시간은 같이 흘렀다.

같이 걷고

같이 먹고

같이 보며 웃었다.

어떤 것도 단단한 두 사람의 사이를

파고들 수 없을 것 같았다.

하지만 서로에게 속삭인 '사랑한다' 는 말은 아주 연약했다.

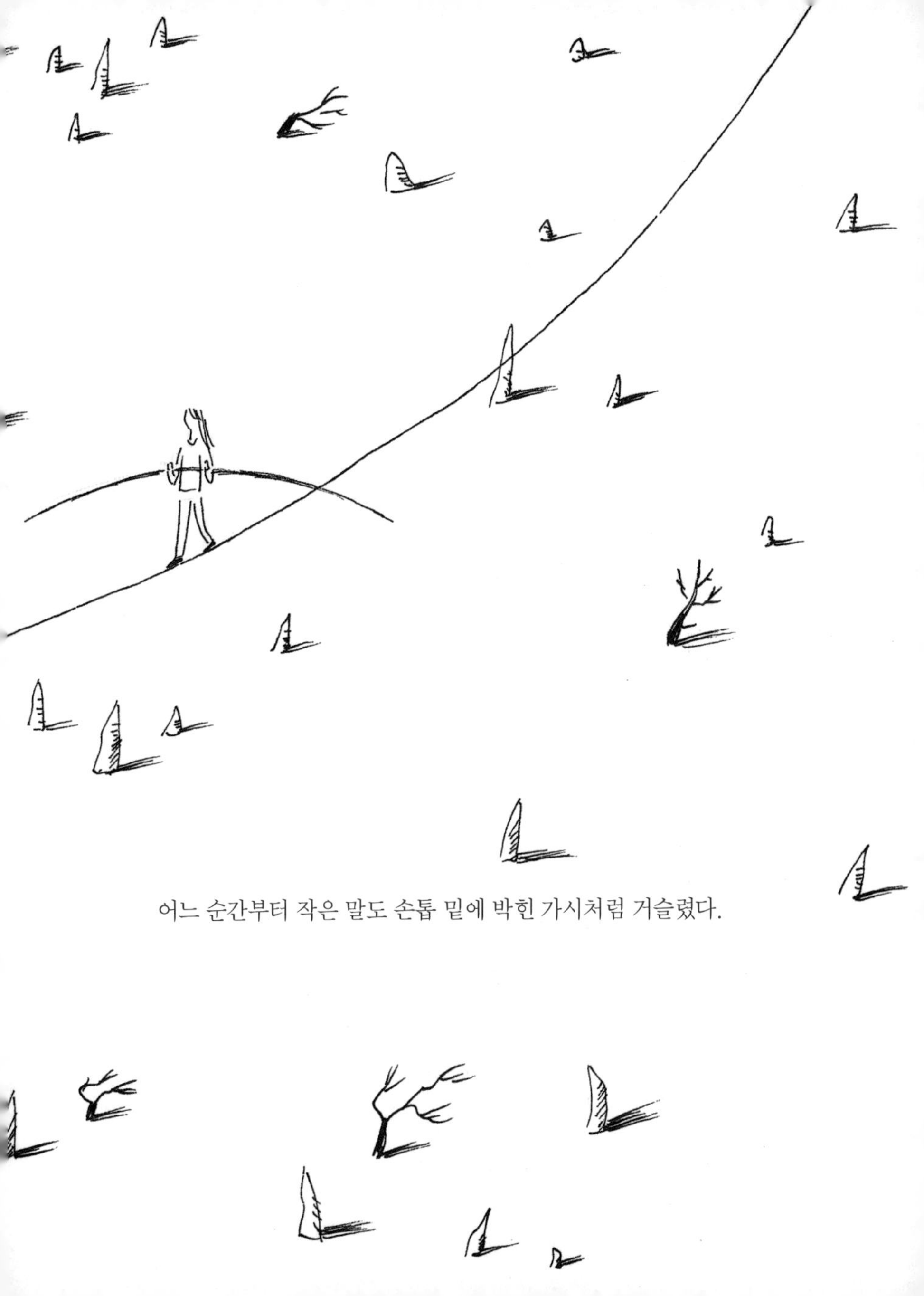

어느 순간부터 작은 말도 손톱 밑에 박힌 가시처럼 거슬렸다.

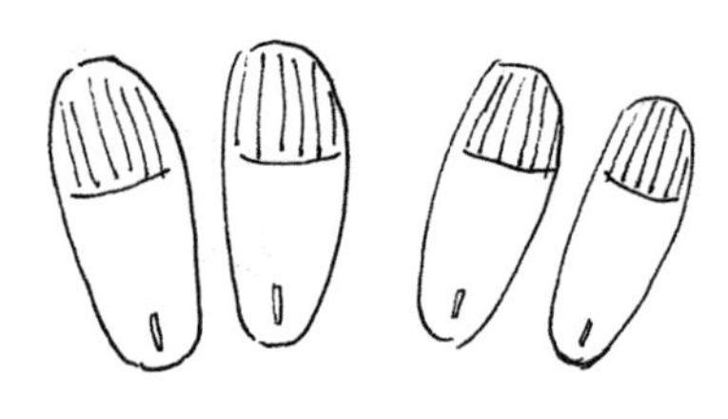
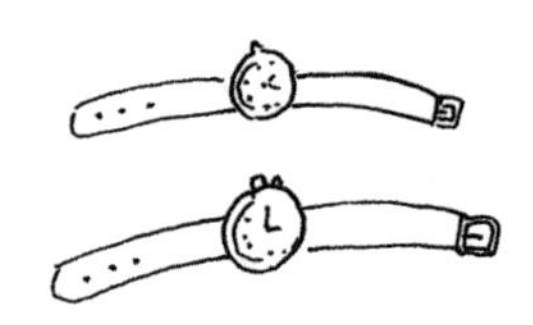

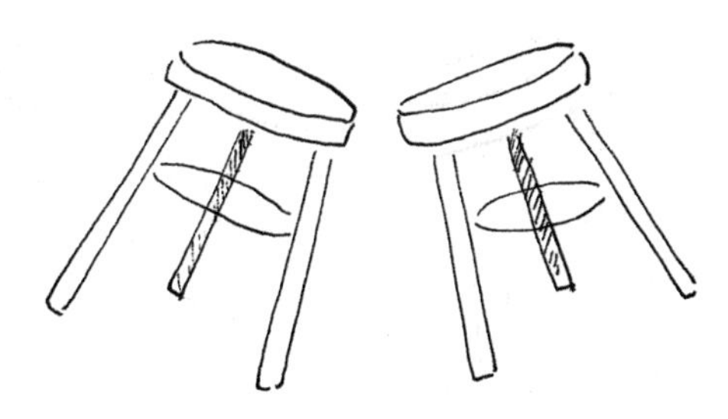

하나둘 쌓여 가는 쌍둥이 물건들이

조금씩 갑갑해졌고

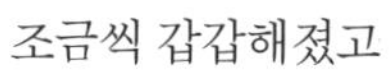

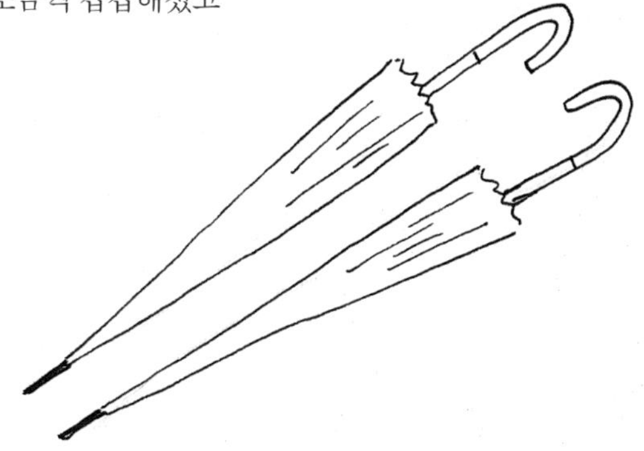

연이가 좋은지 연이와 함께한 시간이 좋은지

준이는 알 수 없었다.

연이는 준이와의 관계가 드라마나 연애소설 같지 않다는 걸 알았다.

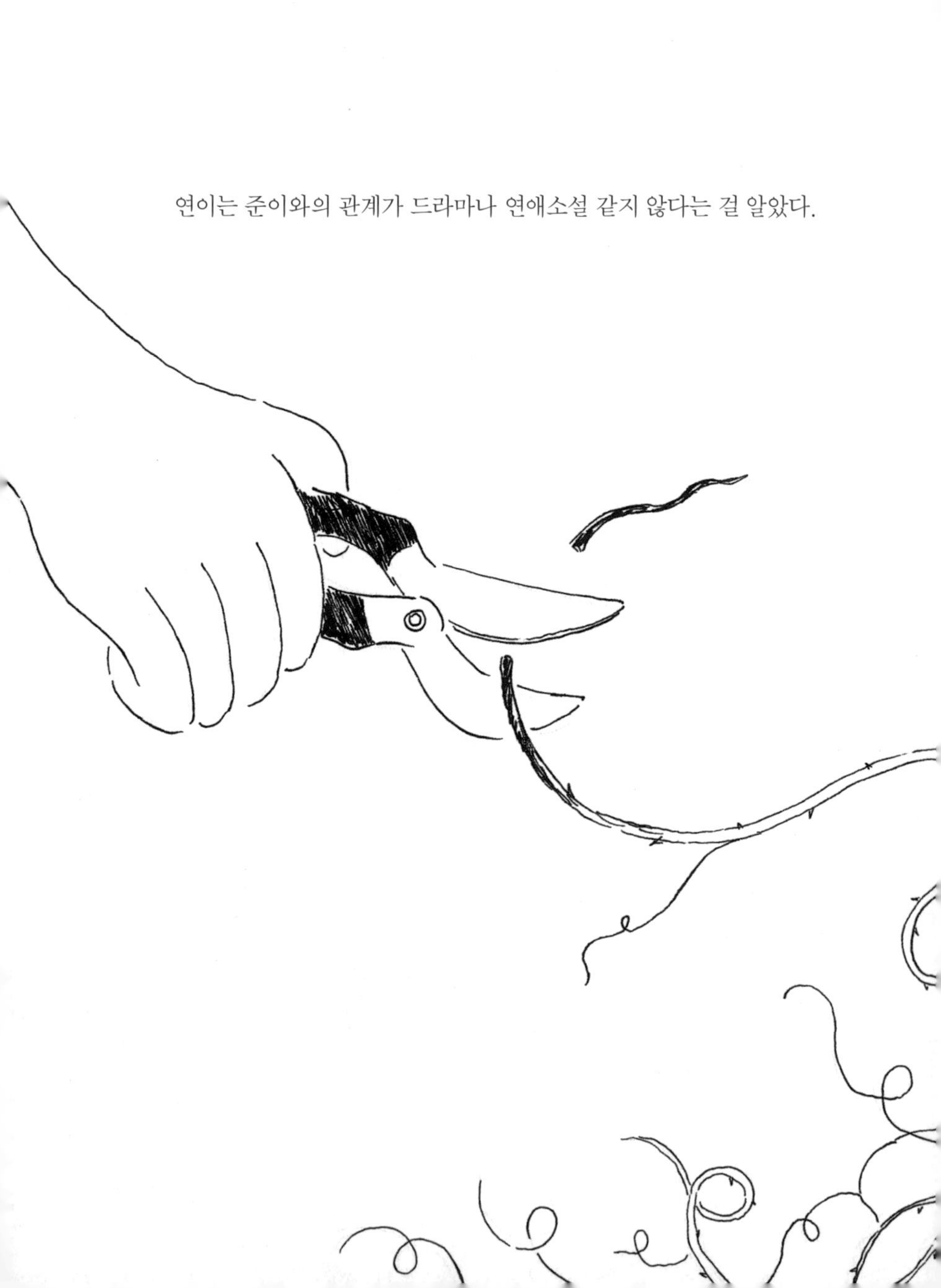

그리고 자신의 틀에 맞지 않는 준이가 점점 불편했다.

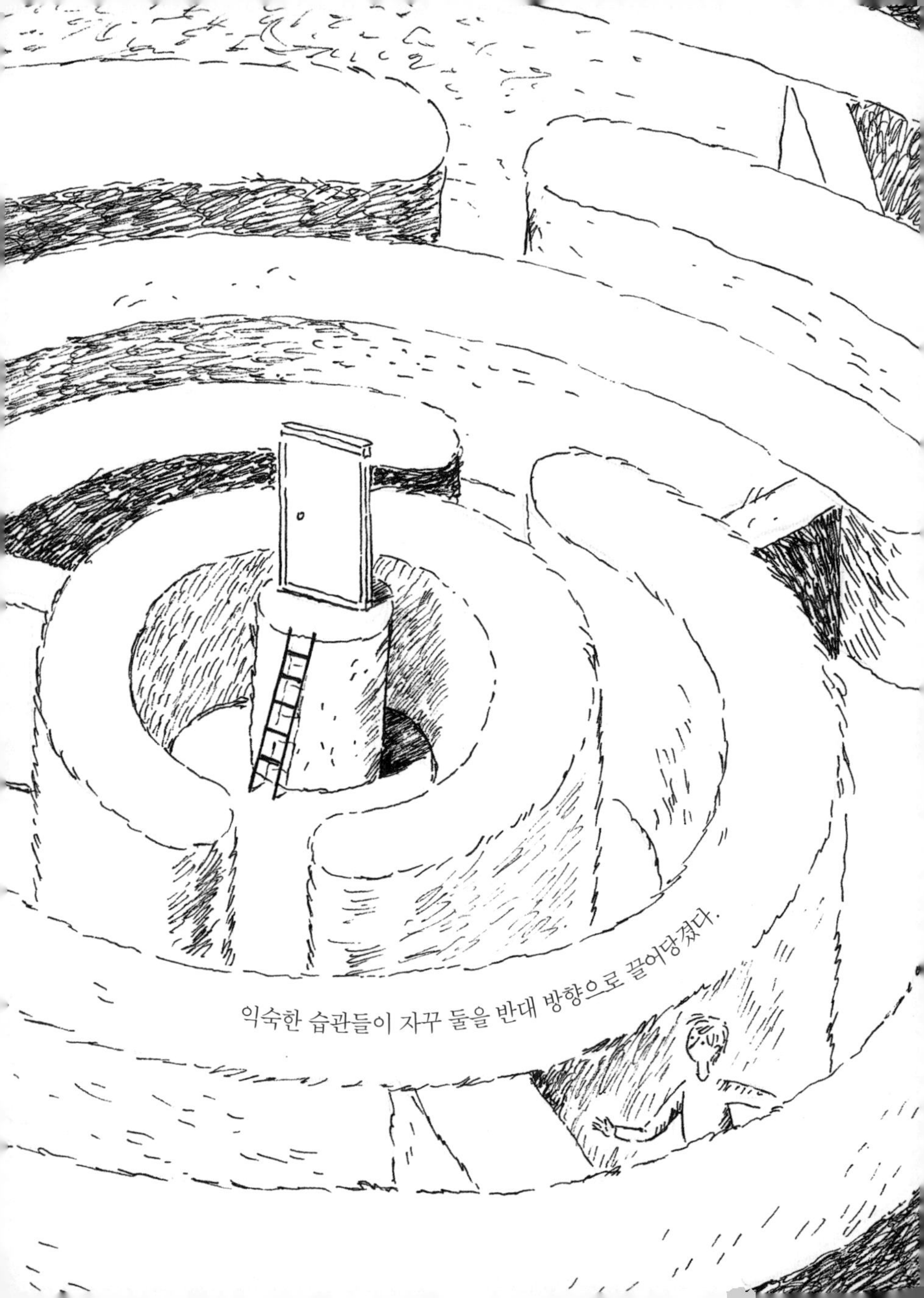
익숙한 습관들이 자꾸 둘을 반대 방향으로 끌어당겼다.

둘은 한 발짝씩 물러섰다.
그만큼 거리가 생겼다.

그제야 서로의 진짜 모습이 보였다.

연이는

예민하고 가끔 제멋대로였다.

고집이 세고 약속 시간도 자주 어겼고 덤벙거리기까지 했다.

마치 놀리기라도 하듯 청개구리처럼

반대로 행동할 때도 많았다.

준이는 생각했다.

'왜 그녀를 만나고 있는 걸까?'

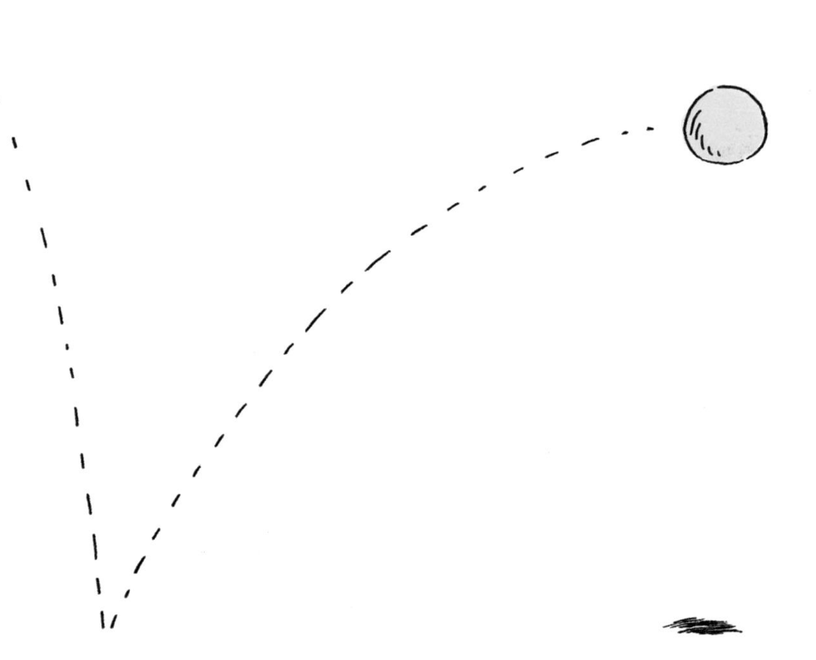

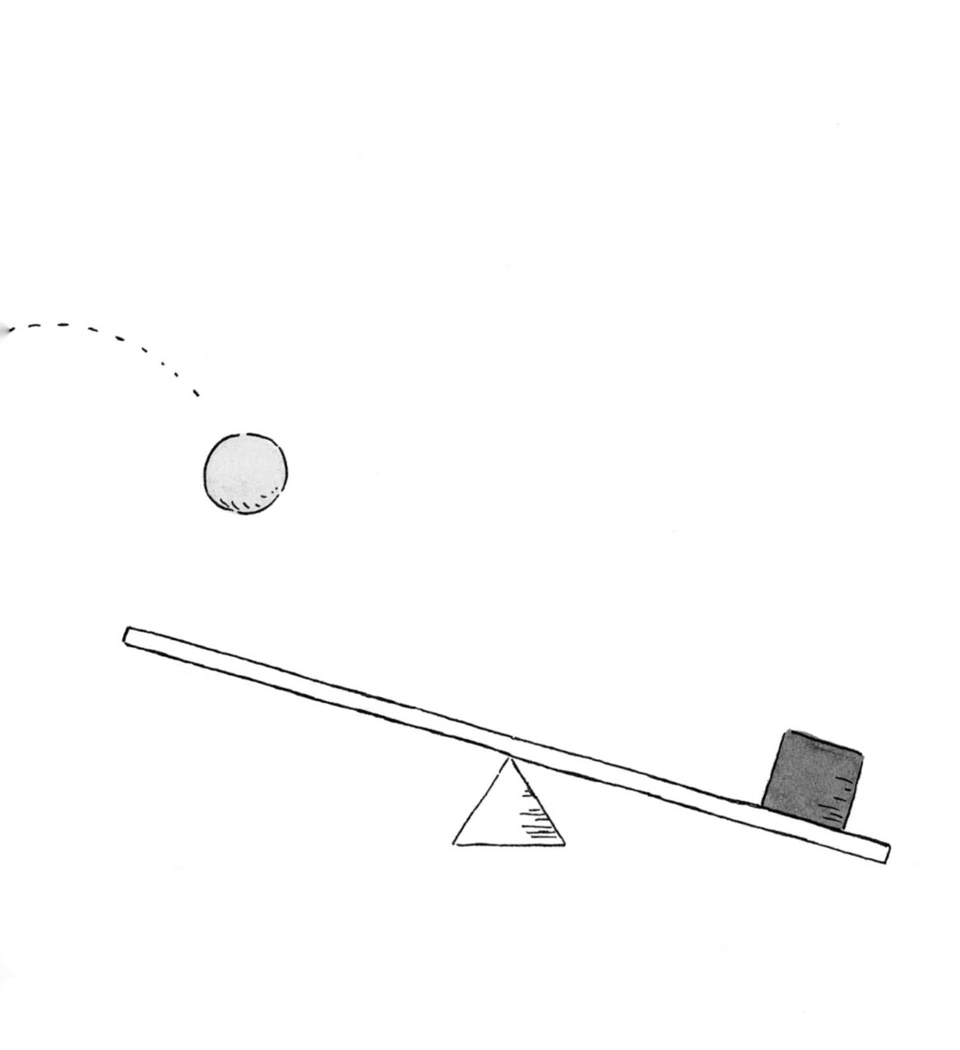

준이는

언제나 논리적으로 말하며

단점을 쉽게 눈감아 주지 않았다.

표현을 잘 하지 않아서 도통 속을 알 수 없었다.

함께 하고 싶은 것이 많았지만 혼자 있는 것을 좋아해서

가만 내버려 두어야 하는 날이 많았다.

연이는 생각했다.

'나는 그에게 어떤 의미일까?'

종잡을 수 없는 생각들이 이리저리 날아다녔다.

그러다 문득 둘은 똑같은 생각을 했다.

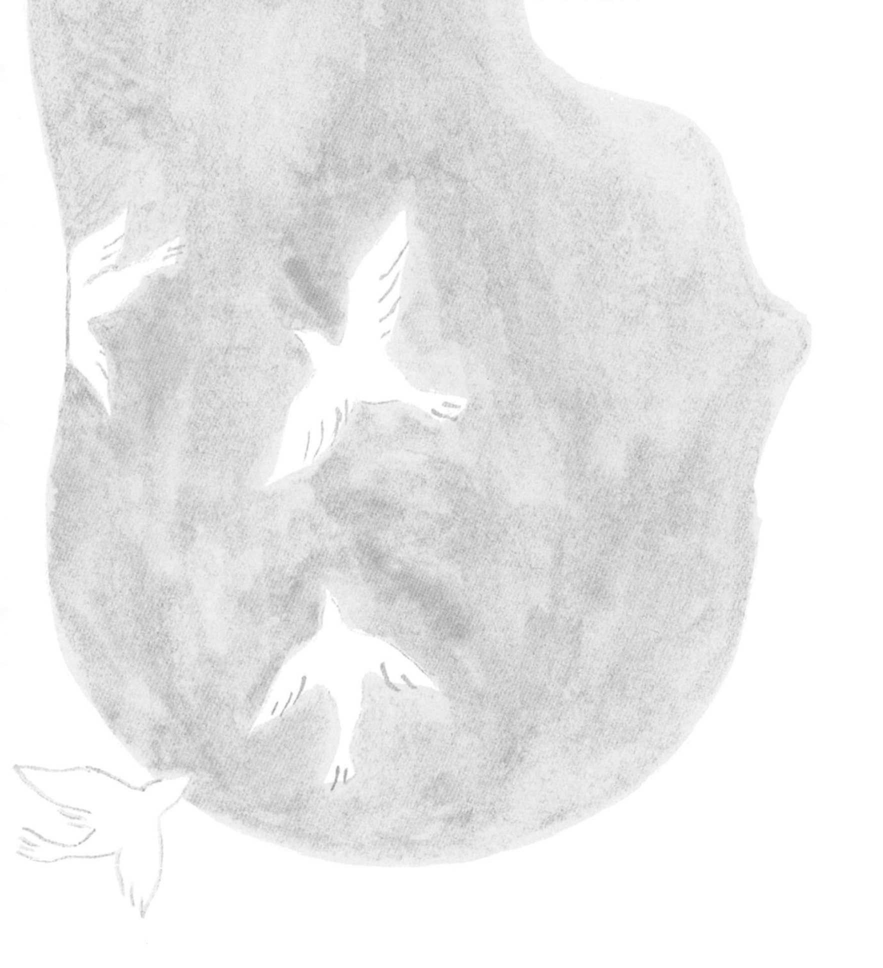

그건,

그럼에도 불구하고 여전히 서로를 좋아한다는 거였다.

여러 빛깔 속에서

둘이 하나가 될 순 없지만

닮은 점이 많았다가 적었다가

수시로 변하기도 하겠지만

준이와 연이는 서로 이해하기로 했다.

글 · 그림 이현주

대학에서 애니메이션을 전공했습니다.
졸업 후 일러스트레이터로 활동했고, 2010년에 그림책을 만들기 시작했습니다.
쓰고 그린 책 《그리미의 하얀 캔버스》, 《나무처럼》 이
프랑스를 비롯 미국, 독일, 중국, 일본, 대만에 수출되었습니다.
2012년에는 볼로냐 아동도서전에서 '오페라 프리마 상' 을 받았습니다.
그 외에도 《내 머리에 햇살 냄새》, 《안네의 일기》 등의 여러 책에 삽화를 그렸습니다.

지금도 꾸준히 아이들과 어른들의 마음을 말랑하게 만들 글을 쓰고 그림을 그리고 있습니다.